De hond van juf Jansen

Elisabeth Mollema

De hond van juf Jansen

Met tekeningen van Wilbert van der Steen

Van Goor

STICHTING NEDERLANDSE
KINDERJURY
2000

ISBN 90 00 03233 4

Inhoud

Pablo

Het is rumoerig in de klas. Dat is geen wonder, want juf Jansen is er nog niet. Door het glas in de deur zien de kinderen haar op de gang met de directeur staan praten. Hij kijkt boos en maakt opgewonden gebaren. Juf knikt. Het lijkt of ze een standje krijgt.

Juf is pas dit jaar op school gekomen. Ze verzint allemaal leuke dingen om te doen: zoals een ontbijt op school waarbij iedereen in pyjama moet komen of kookles. Een rotzooi dat het werd!

De directeur was hartstikke kwaad. Die vindt sowieso dat het bij haar te veel herrie is. Hij zal haar nu toch niet ontslaan? De klas wordt er behoorlijk onrustig van.

Opeens vliegt de deur open. Meester Beekstra van groep vier buldert: 'Kan het wat rustiger alsjeblieft! Ik kan hiernaast mijn eigen stem niet eens horen. Gaan jullie maar wat rekenen.' Hij wacht tot iedereen zijn schrift heeft gepakt. 'Goed. Ga rustig aan het werk. Jullie juf komt zo.'

Als hij weg is, begint iedereen meteen weer te praten. Wie heeft er nou zin in rekenen? Dat doe je niet voor je lol. Er zijn veel te veel andere leuke dingen te doen. Annelot bekijkt Karins vlecht. Het is zo'n ingewikkelde. 'Het lijkt net of hij uit je hoofd groeit,' zegt Annelot bewonderend. 'Heeft je moeder dat gedaan?' Ze voelt aan haar eigen haar. Het is veel te kort voor zoiets.

Pieter heeft zijn vampiertanden in en grijnst naar Brandon.

Brandon kijkt hem onbewogen aan. 'Verzin eens iets anders. Die stomme tanden heb ik nou wel gezien,' zegt hij tegen Pieter. Hij gaat weer verder met tekenen. Hij speelt het liefste in zijn eentje.

Pieter staat op en gaat naar Marga. Hij grijnst naar haar. Marga krijgt een kleur en krimpt ineen. Daardoor lijkt ze nog kleiner dan ze al is. Ze is heel verlegen en durft niets te zeggen.

'Ben je bang van mij?' vraagt Pieter.

Marga wordt nog roder en schudt haar hoofd.

Pieter gaat op de lege stoel naast haar zitten. 'Wat wil jij later worden?' vraagt hij.

Marga krijgt een kop zo rood als een tomaat. Ze haalt haar schouders op.

Pieter lacht haar bemoedigend toe. De vampiertanden hangen lusteloos over zijn onderlip. 'Ik word buschauffeur. Dan kun je overal gratis heen reizen.'

Marga kijkt hem verlegen aan.

De deur gaat open. Daar is juf Jansen. Ze loopt snel naar haar tafel en zet haar tas op de grond. Ze heeft ook een geruite dekentje bij zich. Wat moet ze daar nou mee? Ze tikt met een pen op haar tafel. 'Kinderen! Stil! David, draai je eens om!' Haar stem klinkt een beetje bibberig. Dat komt zeker door het gesprek met de directeur?

'Een hond!' roept Pieter opeens.

Nu zien de andere kinderen het ook. Achter juf komt een klein hondje de klas binnen lopen. Het is een mager scharminkel. Hij lijkt op een grote rat met de kleur van een deurmat. Oei, wat is die hond lelijk!

Juf zegt niets. Ze wacht tot iedereen rustig zit.

Annelot gaat staan. Ze wijst. 'Juf, er is een hond in de klas.' De kinderen beginnen te joelen. 'Hé, Fikkie! Kom eens!'

'Stil' roept juf boos. 'Wie zijn mond nu nog opendoet, gaat eruit.' Ze legt het dekentje in de hoek. 'Hier, ga maar liggen!' zegt ze vriendelijk tegen het hondje. Hij ruikt even aan haar hand. Dan gehoorzaamt hij. 'Braaf!' zegt juf.

Juf kijkt de klas in. 'Jullie moeten maar net doen of je hem niet ziet. Dat is het beste. De directeur weet er van. Hij mag een paar dagen mee naar school. Ik weet niet waar ik hem anders moet laten. Maar als jullie er zo'n herrie over maken, moet hij misschien de klas uit.' Ze werpt een blik door het glas de gang in. De directeur is gelukkig weg.

David steekt zijn vinger op. 'Wij hebben ook een hond.'

Onmiddellijk wordt het weer een heibel. Een paar andere kinderen hebben er ook een. Of anders wel hun tante of hun buurman.

Pieter heeft een kat. 'Een zwarte. Pikzwart!' roept hij. Hij kijkt grijnzend de klas in.

Karin steekt haar vinger op en roept: 'Annelot en ik zitten op paardrijden!'

'Ja,' valt Annelot haar bij. 'Karin gaat altijd op een zwarte merrie. Ik zit liever op een Shetlander. Die is niet zo hoog.'

'Een Shitlander bedoel je zeker!' roept Thijs.

De klas buldert het uit.

Juf tikt boos met haar pen op de tafel. 'En nu stil. Wie nu nog iets zegt, krijgt strafwerk. Pablo is hier maar tijdelijk. Tot ik een goed tehuis voor hem heb gevonden.'

'Pablo?' roept Annelot. 'Wat een stomme naam!'

'Ik vond het juist wel leuk,' zegt juf. 'Ik zal jullie vertellen waarom hij mee naar school is gekomen. Maar dan wil ik geen woord meer horen.'

Ze gaan er allemaal eens goed voor zitten.

'Gisteren belde mijn zus op,' begint juf. 'Ze vroeg of ik mee naar het asiel wilde gaan, want haar kat was zoek. Er zaten een heleboel katten, maar niet die van mijn zus. Toen gingen we nog even bij de honden kijken. Het waren allemaal van die bakbeesten. Ze gromden en blaften. Ik vond ze eigenlijk een beetje eng.'

'Wij hebben een Rottweiler,' roept Thijs.

'Dat vind ik hele enge honden,' roept Annelot.

Karin draait zich naar Thijs om. 'Rottweiler? Een Rothond bedoel je zeker?' Ze steekt haar tong naar hem uit.

Thijs geeft een harde ruk aan Karins vlecht.

'Au! Juf, Thijs zit weer te pesten!'

'Ssst,' zegt juf. 'Anders gaan we rekenen.'

Iedereen is meteen muisstil.

'In het laatste hok zat Pablo.' Ze kijkt even vertederd naar het dekentje. 'Hij zat in een hoekje weggedoken.'

'Ach!' roepen Annelot en Karin.

Juf legt haar vinger op haar mond. 'Een medewerkster zei dat hij zo snel mogelijk weg moest, want hij was bang voor het geblaf van die andere honden. Van angst wilde hij niet eten. Als hij langer bleef, ging hij misschien wel dood. Maar er kwam maar niemand die hem mee wilde nemen.'

David steekt zijn vinger op. 'Vonden ze hem te lelijk?'

'Pablo!' roept Pieter. 'Kom, dan mag je mijn boterham.' Hij houdt een boterham met jam bij de grond.

'Je moet die tanden uit doen, anders wordt hij bang, stommerd!' zegt Annelot.

'Heeft u hem toen genomen?' vraagt Karin.

Juf knikt. 'Ik vond hem zo zielig. Ik dacht: ik neem hem mee en dan zie ik wel. Maar ik kan hem niet houden. Ik ben de hele dag weg. Voorlopig mag hij mee naar school. Maar de directeur heeft gezegd dat het niet zo kan blijven. Hij was eigenlijk een beetje boos omdat ik hem had meegenomen.'

David steekt zijn vinger op. 'Zal ik hem nemen, juf? Dan kan hij op mijn kamer slapen. Als ik hem onder mijn jas doe, ziet mijn moeder het niet.'

Juf lacht. 'Nee, ik doe hem alleen weg als ik zeker weet dat hij er altijd kan blijven.' Ze pakt het rekenboek. 'Zo, en nu gaan we snel aan de slag.' Ze werpt nog een blik op het hondje. Dat ligt onbewegelijk. Hij is zeker bang dat ze hem naar het asiel terugbrengt? Dan begint ze met de les.

Een slimme hond

Juf kijkt de klas rond. 'We gaan de tafels herhalen. Pieter, kom jij eens hier!'
Met grote stappen loopt hij naar voren. Hij heeft zijn vampiertanden in en een zwarte cape om.
Juf zegt er niets van. Pieter komt altijd als vampier verkleed naar school. Iedereen is er aan gewend.
'Zeg de tafel van zes eens op,' vraagt juf.
Pieter haalt diep adem. 'Een keer zes is zes. Twee keer zes is twaalf…' Hij lispelt een beetje. Dat komt door die tanden. Bij zeven keer zes moet hij even nadenken.
'Eh… tweeënvijftig.'
Juf zegt niets. Ze kijkt hem alleen aan.
'Nee, tweeënveertig.'
'Goed.'
Woef! blaft Pablo.
De klas moet er om lachen.
'Ssst!' zegt juf, terwijl ze naar de gang kijkt. 'Nu jij Marga. De tafel van zeven.'
Marga krijgt een kleur. Langzaam gaat ze staan. Ze begint te trillen van de zenuwen.
'Blijf maar zitten,' zegt juf. 'Maar duidelijk praten.'
Marga begint. Niemand kan haar verstaan. Toch knikt juf goedkeurend. Misschien heeft zij heel goede oren. Of ze kan liplezen.

13

Thijs steekt zijn vinger op. 'Juf, ik kan er geen bal van verstaan.'

'Houd je mond nou eens,' zegt juf streng. 'Je brengt Marga in de war. Ga maar verder, Marga.'

Als ze klaar is, zegt juf: 'Goed, Marga!'

Pablo blaft weer. Ze moeten er allemaal om lachen. Nog harder dan daarnet.

Annelot kijkt gauw naar de gang. Gelukkig! De directeur staat er niet.

Karin steekt haar vinger op. 'Juf, elke keer als u goed zegt, begint Pablo te blaffen.'

Juf kijkt naar het hondje. Het ligt rustig. 'Hmmm…' zegt ze nadenkend. 'Het zal wel toeval zijn. Misschien droomt hij.'

Ze gaan weer verder. Tot alle tafels geweest zijn. Steeds als juf zegt dat het goed is, blaft Pablo even.

'Hij doet het expres, hoor! roept David. 'Zeg eens goed, juf!'

Juf denkt even na. 'Goed, ik zal het doen.'

Woef, blaft Pablo.

De klas buldert.

Juf gaat staan. Ze loopt naar Pablo toe en aait hem over zijn kopje. Hij geeft haar een pootje. 'Goed zo!' zegt ze. Woef!

Het is geen toeval.

David steekt zijn vinger op. 'Misschien kan hij nog meer trucjes! Probeer eens af, juf!'

Juf zegt af. Pablo gaat meteen liggen. Met zijn snuit op zijn voorpoten.

'En nu zit,' roept Pieter.

Dat doet Pablo ook. Hij begint te kwispelen en gaat op zijn achterpoten zitten met zijn voorpootjes in de lucht. Het is net een circushondje.

'Goed zo!'

Annelot steekt haar vinger op. 'Misschien kan hij ook dingen halen, juf. Sommige honden kunnen dat.'

Juf pakt een schrift en laat Pablo er aan ruiken. Dan legt ze het weg en zegt: 'Zoek schrift, Pablo!'

Kwispelend gaat hij bij haar tafel staan. 'Nee, niet die. Een ander!' Ze wijst de klas in.

Pablo kijkt rond en loopt snuffelend door de klas. Bij Marga blijft hij staan. Ze lacht naar hem. Dan springt hij tegen haar tafel op en pakt voorzichtig haar schrift er af. Kwispelend rent hij naar juf terug.

'Goed zo, Pablo!'

Na een tijdje hoeft juf hem niet eerst aan het voorwerp te laten ruiken. Als ze het woord zegt, weet hij meteen wat ze bedoelt. 'Pablo, haal een pen!'

Als Pablo langs hem komt, houdt Thijs zijn pen bij de grond. 'Hier!' roept hij.

Karin draait zich om en geeft hem een duw. 'Houd nou eens op! Je verpest altijd alles!'

Pablo loopt snuffelend door de klas en komt er met een pen terug. Eerst gaat hij naar Marga. Ze fluistert iets tegen hem. Niemand verstaat het, maar Pablo wel. Dat kun je zien, want hij begint meteen te kwispelen.

Dan zegt juf: 'Nu moeten we echt verder met de les. Kom, Pablo! Op je kleedje!'

's Avonds als ze thuis is, zegt juf tegen Pablo: 'Haal de krant maar!'

Eerst begrijpt hij haar niet, maar nadat ze hem aan een oude krant heeft laten ruiken, begint hij te zoeken. Hij gaat naar de gang. En even later komt hij terug met de krant in zijn bek.

Juf aait hem over zijn kop. 'Je bent een brave hond! En ook een slimmerd. Ik zou wel eens willen weten waar je vandaan komt. Je baasje moet je toch erg missen.'

Pablo kijkt haar aan. Zijn ogen staan een beetje droevig. Of verbeeldt juf het zich? 'Kom maar naast me zitten. Dan gaan we samen televisiekijken.'

Pablo rent naar de televisie en gaat er voor zitten. Woef! Dan kijkt hij om.

Juf lacht. 'Ja goed, Pablo! Dat bedoel ik. Televisiekijken!'

Pablo kijkt nog een keer om en pakt de afstandsbediening van een tafeltje. Die brengt hij naar juf.

Verbaasd pakt ze het apparaatje uit zijn bek. 'Hoe weet je dat? Ik heb je het niet geleerd. Je bent een hele knappe hond. Kom maar naast me zitten.'

Pablo springt op de bank en legt zijn kop op jufs schoot. Op het eerste net zijn een man en een vrouw over iets ernstigs aan het praten.

Grrr! doet Pablo.

Juf kijkt hem aan. 'Vind je dit niet leuk?' Ze zet het volgende net aan. Er is een voetbalwedstrijd aan de gang.

Woef! doet Pablo. Hij springt van de bank en gaat kwispelend voor de televisie zitten. Zijn kop beweegt mee met de bal op het scherm.

Juf vindt voetbal eigenlijk niet leuk. Ze zucht. 'Nou vooruit, deze keer krijg jij je zin.' Ze pakt een boek van de tafel en gaat lezen.

De musical

De volgende ochtend komt juf het schoolplein op. Pablo loopt vlak achter haar aan. Het lijkt wel of hij bang is dat hij haar kwijtraakt. Zodra de kinderen hem zien, rennen ze joelend op hem af. Pablo kwispelt. Hij is niet bang voor het geschreeuw. Na een dag op school is hij er aan gewend. De kinderen verdringen zich rond hem. Ze duwen en trekken aan elkaar. Thijs geeft Pieter een duw. Die geeft hem een stomp terug. Even later zijn ze aan het vechten. Juf heeft moeite om ze uit elkaar te halen.

Juf ziet de directeur bij de ingang van de school staan. Hij heeft zijn armen voor zijn borst gevouwen en kijkt geërgerd toe.

'Gaan jullie nog maar even spelen,' zegt ze tegen de kinderen. Ze pakt Pablo op en loopt snel naar binnen. 'Goedemorgen, meneer Hoogma,' zegt ze beleefd als ze langs de directeur komt.

De directeur bromt iets terug.

In de klas legt juf het dekentje in een hoek. Daar waar de directeur het vanaf de gang niet kan zien.

Even later komen de kinderen binnen.

Pieter haalt een grote kauwkluif onder zijn cape vandaan. Hij loopt ermee naar Pablo en legt hem op de deken.

Pablo kijkt er verbaasd naar. Zo'n grote kluif heeft hij
nog nooit gezien.

Thijs wijst er naar. 'Juf, wat moet Pablo met die koei-
enpoot? Die maat is voor een sint-bernardshond.'

De kinderen lachen en joelen. Wat een herrie!

Nu wordt juf boos. 'Stilte!' Ze kijkt zenuwachtig naar de
gang. 'Jongens, ik wil absolute stilte. Als jullie zo door-
gaan, ben ik bang dat de directeur zegt dat Pablo niet
mee naar school mag. En dan weet ik niet waar ik hem
moet laten. Misschien moet hij dan terug naar het asiel.'

Doodse stilte. De kinderen hebben het begrepen.

Juf wacht nog even voor ze verder gaat.

David steekt zijn hand op. 'Mogen we wel af en toe iets voor Pablo meebrengen?'

Juf knikt. 'Maar dan geven jullie het aan het begin van de les aan mij. En ik bepaal wanneer Pablo het krijgt. Begrepen?'

Ze knikken.

Juf pakt een rode plastic map en gaat op haar tafel zitten. De kinderen kijken er nieuwsgierig naar. Wat heeft juf nu weer voor leuks verzonnen? Even zijn ze Pablo vergeten.

'Jongens, we gaan een musical doen.' Juf houdt de map omhoog. 'De uitvoering is op de ouderavond. En daarna in het bejaardenhuis in de wijk. Ik zal jullie eerst vertellen waar het verhaal over gaat.'

Thijs steekt zijn vinger op. 'Mag ik de hoofdrol?'

'Mond dicht!' zegt juf boos. 'De hoofdrol is trouwens voor een meisje.'

Annelot en Karin kijken elkaar opgewonden aan.

'Het verhaal heet "Het Fluisterkind". Het gaat over een meisje dat haar stem is verloren. Dat is gebeurd na een brand. Daar is ze erg van geschrokken.'

Karin steekt haar vinger op. 'Dat kan toch nooit een musical worden? Als je niet kunt praten, kun je ook niet zingen.'

Juf lacht. 'Nee, maar anderen kunnen wel praten en zingen. En later kan het meisje dat ook weer. Dan blijkt dat ze ook heel mooi kan zingen. Daar gaat het verhaal over.'

'Niks aan!' roept Thijs . 'Het is helemaal geen spannend

verhaal. Kunnen we niet iets doen met rovers of... of met soldaten.'

'Stomme sukkel!' zegt Annelot. 'Jij wil altijd maar vechten.'

Karin steekt haar vinger op. 'Mag ik de hoofdrol? Ik zit op zang.'

Annelot knikt. 'Ja juf, zij kan hartstikke mooi zingen.'

Juf antwoordt: 'Ik weet het nog niet.' Ze kijkt de klas rond. 'Pieter, wil jij vader zijn? En jij, Annelot. Jij bent moeder.'

'Dan moet je wel die stomme tanden uitdoen!' roept Annelot tegen Pieter. 'Ik wil geen man met vampiertanden.' Ze kijkt hem boos aan.

Pieter perst zijn lippen op elkaar. Alleen de puntjes van de tanden zijn zichtbaar.

Juf gaat door tot alle rollen zijn verdeeld. Behalve de hoofdrol. Er moet gekozen worden tussen Karin en Marga. Dat is niet zo moeilijk, want Marga zit in elkaar gedoken achter de rug van David. Ze wil de hoofdrol helemaal niet. Ze wil helemaal niet meedoen. Ze moet er niet aan denken om op een toneel te staan.

Karin gaat er al goed voor zitten. Ze lacht trots.

Thijs buigt zich naar voren en sist: 'Je denkt zeker dat je ontdekt wordt. Kapsones heb je al.'

Juf krabbelt aan haar hoofd. Ze heeft twee kinderen over en maar één rol te verdelen. 'Eh, Karin, jij krijgt de hoofdrol en Marga wordt reserve. Je doet in ieder geval met alle repetities mee. Als de voorstelling er is, kunnen we altijd nog zien.'

Marga haalt opgelucht adem. Karin wordt vast niet ziek. Ze ziet er zo gezond uit met die bolle wangen.

Nu de rollen zijn verdeeld, begint iedereen te praten. David wil toch liever geen dokter zijn. Hij probeert met Pieter te ruilen. Die vindt het allang best. Kan hij tenminste zijn tanden inhouden.

Als iedereen tevreden is, zegt juf: 'Er is nog iets. Het fluisterkind heeft ook een poes. In de aanwijzingen staat dat je er een speelgoedpoes voor moet gebruiken, want het beest kan toch niet acteren, maar ik dacht zo... Waarom veranderen we het niet en nemen we een hond.'

'Pablo! Pablo!' roepen de kinderen.

Juf lacht. 'Ik geloof dat we hem best mee kunnen laten doen. Wat vinden jullie?'

Pablo blaft.

Iedereen is het er mee eens. Een musical met een echte hond erin. Dat wordt vast een groot succes.

'Goed,' zegt juf. 'We gaan meteen aan het werk. Eerst lezen we met zijn allen het hele verhaal door. Brandon, kom even. Deel jij de kopieën uit.'

Woef! blaft Pablo.

Een rol voor Pablo

Iedereen moet zijn rol hardop lezen. Karin en Marga gaan naast elkaar zitten.

'Kom maar, Pablo!' zegt juf. 'Je kunt meteen mee oefenen.'

Pablo hoeft niet veel te doen. Alleen aan de voeten van de hoofdrolspeler liggen. Hij gaat bij Marga liggen.

Karin wordt een beetje boos. 'Dat is niet eerlijk, juf. Marga is toch maar reserve?'

Marga schrikt ervan. Ze vindt het eng als andere kinderen boos op haar zijn. Ze krijgt meteen een rood hoofd.

'Het maakt niet uit, Karin,' zegt juf. 'Als je straks op het toneel staat, gaat hij wel bij jou zitten.'

Karin en Marga hoeven niet veel te zeggen, want in het verhaal staat dat het Fluisterkind dat in het begin niet kan.

De andere spelers praten wel tegen haar. Karin en Marga moeten leren op tijd te knikken of hun hoofd te schudden.

Marga vindt het niet moeilijk. Die doet dat anders ook al.

Maar Karin kan haar mond niet altijd houden. Dan zegt ze per ongeluk toch iets. Het is net zo moeilijk als het spelletje geen nee en geen ja. Ze wordt er een beetje zenuwachtig van. Daardoor maakt ze nog meer fouten.

David en Annelot spelen haar vader en moeder.

Annelot leest haar rol van het papier voor. Ze dreunt het op. 'Ach, arm kind. Kon iemand je maar genezen!'

Dan leest David: 'Kom, we gaan naar het ziekenhuis.'

'Dat staat er niet!' roept Karin boos. 'Je moet eerst zeggen: "Misschien kan de dokter haar onderzoeken." '

'Jij moet je bek nou eens houden!' roept David boos. 'Je kan helemaal niet praten, sukkel!'

'Wel!' roept Karin. 'Ik kan wel praten. In het echt wel!'

'Ja, praten kan ze wel!' roept Thijs. 'Ze kan alleen niet zingen, al denkt ze van wel.'

'Ssst!' zegt juf. 'Mond dicht, Thijs. Hou op met dat plagen. Anders doe je niet mee. Volgende scène!'

De dokter zal het Fluisterkind onderzoeken. Pieter heeft zijn vampiertanden nog steeds in. Hij lispelt tegen Karin: 'Misschien zijn je stembanden aangetast. Doe je mond eens open!' Hij buigt zich over Karin. Die verdwijnt bijna onder zijn zwarte cape.

Karin begint te proesten. 'Haha! Een dokter met vampiertanden! Haha! Dat kan toch helemaal niet.' Ze stikt bijna van het lachen.

De klas lacht mee.

Pieter knijpt zijn mond stijf dicht.

'Ja, Pieter,' zegt juf. 'Misschien is het beter om die tanden uit te doen. Het is alleen voor de musical. In de klas mag je ze gewoon weer aan.'

Pieter kijkt haar geschrokken aan. Juf heeft nog nooit aan hem gevraagd om zijn tanden uit te doen. Behalve in het begin. Maar toen is zijn moeder met juf gaan praten en heeft uitgelegd waarom hij dat deed. Het was om die nachtmerries die hij steeds had. Dan droomde hij van enge monsters en geesten en spoken. Daar had hij een film over gezien. Hij was er zo bang van geworden dat hij niet meer durfde te slapen. Pas toen hij zich verkleedde, kwamen die griezels niet meer terug. Die waren nu bang van hem. Nee, hij wil zijn tanden niet uitdoen. Hij is er zo aan gewend. Het zou net zijn of hij zich in de klas uitkleedde. En je gaat toch ook niet in je onderbroek rondlopen?

'Nou, laat het dan maar zo,' zegt juf. 'Doe maar net of je die tanden niet ziet, Karin.'

Ze gaan verder en proberen de rollen uit hun hoofd te leren. Ondertussen aait Marga Pablo over zijn kop. Hij gromt tevreden.

Nu moeten ze de muziek gaan leren. Juf zingt een liedje voor. Het is het lied dat het Fluisterkind aan het eind van de musical zingt als ze haar stem terug heeft. Karin en Marga moeten het nazingen.

Karin begint. Ze zingt uit volle borst. Maar dan begint Pablo te janken. Hij steekt zijn kop in de lucht en jankt als een wolf.

De klas lacht.

'Stilte!' roept juf.

Karin is gestopt.

Juf pakt een stokje en tikt ermee op haar tafel. 'We pro-

beren het nog een keer.' Met het stokje geeft ze de maat aan. Karin begint te zingen. Meteen begint Pablo weer te loeien.

De klas buldert het uit. Sommige kinderen doen Pablo na. En huilen dat ze kunnen! Vooral Thijs. Het lijkt wel of er een groep wolven in de klas zit.

Voor juf iets kan zeggen, vliegt de deur open. 'Wat is hier in vredesnaam aan de hand?' buldert de directeur. Iedereen is meteen doodstil. Pablo vliegt met zijn staart tussen zijn poten naar het kleedje in de hoek. Juf gaat staan. Ze doet een paar stappen naar voren. Net of ze haar klas wil beschermen. 'We zijn aan het oefenen voor de musical, meneer Hoogma,' zegt ze beleefd. 'Eh… Pablo doet ook mee, maar eh…'

'Pablo?' vraagt de directeur streng. Hij kijkt de klas in. Misschien is het een nieuwe jongen.

Juf wappert met haar hand in de richting van het kleedje. 'Ik bedoel de hond. Maar eh… hij schijnt…'

'De hond?' vraagt de directeur. 'Een hond in een musical?' Hij kijkt juf een ogenblik onderzoekend aan. 'Juffrouw Jansen, ik ben bang dat… Kan ik u even onder vier ogen spreken?'

Juf knikt. Ze volgt de directeur naar de gang.

Niemand durft een woord te zeggen. Door het glas zien ze de directeur boos met zijn armen gebaren. Hij wijst naar de deur. Juf knikt.

David geeft Thijs een stootje. 'Waarom zegt ze niks? Straks stuurt hij Pablo terug naar het asiel.'

Juf Jansen steekt haar vinger op. Ze probeert zeker ook

iets te zeggen. Het duurt even voor de directeur haar laat praten. Maar eindelijk is juf aan de beurt. De kinderen zien dat de directeur ongeduldig staat te luisteren. Dan knikt hij. Juf lacht. Ze geeft de directeur een hand en loopt weer naar de klas. Zou ze hem hebben overtuigd?

Het Fluisterkind

De klas wacht gespannen op wat juf te vertellen heeft.
Mag Pablo van de directeur blijven?

Juf werpt eerst nog een blik op de gang. De directeur is
weg. 'Jongens, ik ben bang dat Pablo niet met de musical mee kan doen.'

Ze houden allemaal hun adem in.

'Tenminste… Niet als hij zo blijft janken. Misschien
moeten we toch maar een speelgoedhond gebruiken.'

Pablo komt van zijn kleedje af. Hij gaat voor juf zitten
en geeft haar een pootje. Dan begint hij zachtjes te piepen.

'Ach!' roept de klas.

'De directeur is een dierenbeul!' roept David.

'Pablo heeft het begrepen, juf,' zegt Annelot. 'Misschien
doet hij het nu niet meer. Zullen we het nog één keer
proberen?'

Juf kijkt naar de gang. 'Ik weet het niet. Als de directeur
hem hoort, wordt hij woedend. Hij heeft gezegd dat hij
niets van Pablo wil merken. Anders moet hij onmiddellijk terug naar het asiel. Desnoods brengt hij hem
zelf, heeft hij gezegd.'

Het lijkt of Pablo het heeft begrepen. Hij gaat dicht bij
Marga zitten. Bij haar voelt hij zich veilig. Marga buigt

zich voor over en fluistert iets in zijn oor. Hij kwispelt, maar alleen met het puntje van zijn staart. Hij is vast bang om te veel te bewegen.

Juf pakt haar stokje. 'Oké dan. Maar als hij gaat janken, stop je meteen, Karin. En iedereen in de klas houdt zijn mond stijf dicht. Wat er ook gebeurt.'

Karin begint. Maar na een paar noten, steekt Pablo zijn kop al in de lucht.

Marga kan nog net op tijd haar hand om zijn snuit leggen. 'Stil Pablo!' zegt ze streng. Ze schrikt van haar eigen stem. Zo hard heeft ze nog nooit gesproken.

Karin wordt boos. 'Het is niet mijn schuld, juf. Het is die hond. Anders doen we wel zonder hem.'

Juf zucht. 'Ik weet ook niet waar het aan ligt. Ik denk dat hij gewoon mee wil zingen. Jammer! Wie heeft een speelgoedhond?'

'Nee!' roept de klas. 'Pablo moet meedoen.'

David steekt zijn vinger op. 'Juf, als u het liedje zingt, doet hij het niet. Misschien kan hij niet tegen dat kattengejank van Karin. Kan Marga het niet eens proberen?'

Karin kijkt hem boos aan. 'Poeh kattengejank! Wat weet jij ervan? Ik zit toevallig wel op koor. Jij niet. Je hebt een stem als... een stem als...' Ze is zo boos dat ze niet meer uit haar woorden kan komen.

'Een stem als een schorre aap!' roept Thijs, terwijl hij zijn tong naar David uitsteekt.

Marga schrikt ervan. Zij, zingen? Karin denkt vast dat ze haar rol afpikt. Misschien wordt ze wel boos op haar. Ze schudt haar hoofd.

Juf denkt even na. 'We kunnen het eens proberen. Je hoeft alleen maar tijdens de repetities te zingen, Marga. En Karin oefent dan zonder Pablo. Zij treedt gewoon op, zoals we hebben afgesproken. Dus je hoeft niet bang te zijn, dat je haar rol afpakt. Misschien raakt Pablo op die manier aan het liedje gewend. Het zou zo leuk zijn als hij mee kon doen. Dan ziet iedereen wat voor bijzondere hond hij is. Misschien vinden we zo een goed tehuis voor hem.'

Marga begint zenuwachtig aan Pablo's vacht te plukken. Hij kijkt haar smekend aan.

Juf pakt haar stokje. 'Probeer het maar eens, Marga! Doe het voor Pablo!'

Marga haalt diep adem. Ze begint zachtjes te zingen. Eerst hoort de klas niets, maar als juf zegt: 'Harder!' klinkt het alsof er ergens heel, heel ver weg een engeltje zingt.

Iedereen is muisstil, bang om er iets van te missen. Brandon zit met open mond te luisteren, zo mooi vindt hij het. En David, die altijd in slaap valt als juf voorleest, droomt weg en kan ook nu bijna zijn ogen niet openhouden.

Juf beweegt haar mond mee. Ze knikt bemoedigend naar Marga. Die zit met haar hoofd gebogen en kijkt star op haar papier.

'Hoofd omhoog!' zegt juf zachtjes. 'Dan klinkt het beter.'

Pablo houdt zijn snuit. Bewonderend kijkt hij naar Marga. Zijn kop gaat heen en weer en zijn oren bewegen om elke toon op te vangen.

Als Marga klaar is, zegt juf: 'Applaus!'

De klas klapt. Thijs fluit op zijn vingers.

Pablo zet zijn voorpoten op Marga's schoot en geeft haar een grote lik over haar gezicht. Dat is nog eens een beloning!

Ze lacht verlegen en krijgt een hoofd zo rood, dat het lijkt of ze ontploft.

De voetbalwedstrijd

De volgende dag is het sportdag. De klas van juf Jansen gaat een voetbalwedstrijd spelen tegen een andere basisschool.

Terwijl David, Thijs, Brandon en Pieter het veld op lopen, worden ze stil als ze de jongens van de tegenpartij zien. Ze zijn stuk voor stuk groter en ze kijken gemeen. Alleen de keeper is een mager ventje, maar die heeft zoveel beschermende kleren aan dat hij twee keer zo breed lijkt. Het zal moeilijk worden om de bal langs hem te krijgen.

Het team van juf Jansen heeft te weinig jongens, daarom zijn Annelot en Karin ook opgesteld.

Karin stoot Annelot aan en wijst naar het keepertje. 'Dat ventje schoppen we gewoon omver. Het wordt vast tien-nul.'

Annelot is er nog niet zo zeker van. Ze kijkt naar de grote jongens die op een afstandje staan te lachen om die twee meiden. 'We moeten eerst maar proberen bij het doel te komen.'

Juf Jansen staat langs de lijn. Ze is scheidsrechter. Pablo zit naast haar. 'Opletten!' roept ze. 'Teams opstellen!'

Pieter gaat in het doel, want hij is de grootste. Hij legt zijn cape naast de paal op de grond. 'Maar straks doe ik hem weer om,' zegt hij. Hij grijnst met zijn draculatanden naar een dikke jongen met rood haar. Die lacht onzeker terug. Misschien denkt hij dat die tanden echt zijn. Je weet maar nooit.

Juf loopt met de bal naar het midden van het veld. Ze heeft een stuiver in haar hand. 'Kop of munt?' vraagt ze aan beide aanvoerders. Dan begint te wedstrijd.

De kinderen die niet in het team zitten, moedigen hun klasgenoten schreeuwend aan.

'Naar voren, Thijs!'

'David, uitkijken!'

'Bal van links!'

'Brandon tekkelen!'

Het helpt niet. Al snel is het twee-nul voor de tegenpartij.

Juf heeft Pablo aan de lijn gedaan. Anders gaat hij achter de bal aan. Maar hij staat woest te blaffen.

'Stil, Pablo!' zegt juf.

Het helpt niets. Hij raakt opgewonden door het geschreeuw van de kinderen om hem heen.

De directeur tikt juf op haar schouder. Ze schrikt, want ze had hem niet aan zien komen.

'U kunt die hond beter ergens opsluiten,' zegt hij. 'Hij maakt veel te veel herrie.'

'Maar…' begint juf.

'Juffrouw Jansen, u weet wat ik over die hond heb gezegd,' zegt de directeur streng. 'Ik wil geen last van hem hebben. Als u het niet doet, zal ik hem zelf verwijderen.'

Intussen gaat de wedstrijd door. Op het veld is een ruzie ontstaan. Thijs ligt op de grond. Hij krimpt ineen van de pijn.

Juf ziet wat er gebeurt. Ze duwt de riem van Pablo in de hand van de directeur. 'Zo terug!' roept ze terwijl ze het veld op rent.

Pablo houdt meteen op met blaffen. Hij kijkt angstig naar boven.

De directeur heeft het riempje vast alsof het een glibberige paling is. Vol afschuw werpt hij een blik op Pablo. Hij kijkt om zich heen. Straks denkt iemand dat die vieze hond van hem is.

Op het veld roept David tegen juf: 'Die jongen met die gele trui heeft Thijs een elleboogstomp gegeven. Ik heb het zelf gezien. En die ene met die blauwe broek heeft Brandon daarnet laten struikelen. Ze spelen steeds vals. Zo kunnen wij nooit winnen.'

Juf roept de aanvoerders bij zich. 'Ik wil geen verhalen meer horen over vals spelen. Begrepen?'

De aanvoerder van de tegenpartij is een jongen die bijna net zo groot is als juf. Hij lacht spottend en loopt weg.

Juf roept: 'Strafschop voor onze school. Wie protesteert gaat eruit.' Ze rent terug naar de zijlijn. Daar kijkt ze geschrokken om zich heen, want Pablo en de directeur zijn verdwenen.

'Pablo!' roept ze. Ze wacht even, maar hij komt niet tevoorschijn.

Een eind verderop staat een houten gebouwtje. Het

wordt gebruikt als kleedkamer en als opslaghok. Misschien zijn Pablo en de directeur daar.

De wedstrijd gaat door. De jongen met het rode haar heeft de bal. Thijs probeert hem af te pakken, maar de jongen duwt hem ruw opzij. Hij geeft een harde trap en de bal schiet in het doel. Er wordt gejuicht. Het is drie-nul. Het team van juf Jansen staat er verslagen bij. Dit halen ze nooit meer in.

Annelot sist Karin in haar oor: 'Tien-nul voor de tegenpartij, bedoelde je zeker?'

Het spel gaat weer verder. David heeft de bal. Zo hard hij kan, rent hij ermee naar voren.

'Scoren!' schreeuwt Annelot. 'Geef die bal een rot schop!'

Thijs rent mee naar voren. David is bijna bij het doel. Twee jongens van de andere school proberen David in te sluiten en de bal af te pakken. David kan er niet meer langs.

'Hier!' schreeuwt Thijs.

David geeft de bal een venijnige trap in zijn richting. De bal schiet tussen de benen van een tegenstander door. Thijs kan hem net op tijd stoppen en schopt hem in het doel.

Gelukkig, de eer is gered. Het is drie-een.

'We are the champions!' juicht de rest van de klas vanaf de zijlijn.

De spelers vliegen elkaar om de hals.

Dan zegt Annelot: 'Hé, waar is juf eigenlijk?'

Juf en Pablo zijn nergens te bekennen.

Mascotte

Juf rent de kleedkamers in. 'Pablo! Waar ben je?'

Als ze overal heeft gekeken, rent ze weer naar buiten. De directeur is ook nergens te bekennen. Zijn auto staat niet meer op de parkeerplaats.

Een verschrikkelijke gedachte overvalt juf. Hij zal Pablo toch niet naar het asiel hebben gebracht? Ze werpt een blik op het veld. Opeens hoort ze tussen het gejoel door een vreemd geluid. Is het Pablo?

Juf rent naar de achterkant van het gebouwtje. 'Pablo! Pablo!'

Ja, ze hoort het goed. Er klinkt gejank. 'Pablo! Waar zit je?'

Dan ziet ze hem staan. Zijn riem is aan een boom vastgemaakt. Hij kan bijna geen kant op. Juf rent erheen. Pablo wil tegen haar opspringen. 'Rustig maar! Ik maak je eerst los. Stomme vent,' bromt ze. 'Hoe kan ik nou weten dat hij je hier heeft vastgemaakt.'

Als Pablo los is, is hij zo blij, dat hij bijna in haar armen springt. Maar voor ze zijn riem kan grijpen, gaat hij ervandoor.

'Wacht!' roept ze terwijl ze achter hem aan rent.

Vanuit de verte roept Thijs: 'Kunnen we verder, juf?'

Nog rennend blaast juf op haar fluitje.

Thijs heeft de bal meteen te pakken. Hij en David hebben ontdekt dat ze slimmer zijn dan hun tegenstanders. Samen proberen ze langs de logge lijven te komen. Terwijl David er met de bal vandoor gaat en de aandacht afleidt, rent Thijs langs de zijkant mee. Niemand heeft het in de gaten. Als ze dicht genoeg bij het doel zijn, geeft David de bal over aan Thijs.

Het werkt. Het is al drie-drie. In ieder geval is het gelijk spel. Er zijn nog maar een paar minuten te gaan. Misschien lukt het om de overwinning te behalen.

Het gejuich langs de lijn is oorverdovend. Daardoor hoort niemand dat juf Pablo van het veld probeert te roepen.

David is in een duel gewikkeld met de jongen met het rode haar. Thijs probeert langs een paar andere jongens te komen, maar die hebben zijn strategie in de gaten. Ze dekken hem af, dus kan David de bal niet kwijt. Ten einde raad geeft hij de bal toch maar een schop in de hoop dat Thijs hem zal pakken. Die mist hem.

Op dat moment rent Pablo tussen de benen van de tegenstanders door en duwt met zijn neus de bal in de richting van het doel. Thijs rent mee. Het gaat allemaal razendsnel. Er staat een kluwen van spelers voor het doel. Ze graaien, duwen en trekken om bij de bal te komen.

Wat er precies gebeurt, kan later niemand navertellen, maar opeens ligt de bal in het doel. Het keepertje kijkt verbaasd achterom.

Even later fluit juf, want de wedstrijd is afgelopen.
'Olé, olé, olé, oléé…! We are the champions!' zingen de
kinderen keihard. Thijs en Pablo rollen van blijdschap
samen over de grond. De andere voetballers liggen uit-
geput in het gras. Ze zijn te moe om elkaar te feliciteer-
ren.
De tegenstanders beginnen te protesteren. 'Dat laatste
doelpunt is ongeldig,' roept de aanvoerder boos. 'Het
was die hond. Dat telt niet.'
Pieter heeft zijn cape weer omgedaan en gaat dreigend
voor de jongen staan. 'Je denkt toch zeker niet dat wij
een hond mee laten spelen, sukkel. Die rende gewoon
toevallig op het veld.'

'Waarom niet?' roept een andere jongen. 'Jullie laten ook meisjes mee doen.'

Pieter wijst op zijn voorhoofd. 'Jij bent dom! Thijs heeft het doelpunt gemaakt. Jullie kunnen gewoon niet tegen je verlies. Wij hebben lekker gewonnen. Dus houd je bek maar,' zegt hij er grommend achteraan.

'Een hond die kan voetballen?' zegt juf schijnheilig als de jongen het ook bij haar probeert. 'Hoe verzin je het? Nee, zeg. Het is leuk geprobeerd, maar jullie hebben gewoon verloren.'

Als het team van de andere school merkt dat protesteren geen zin heeft, druipen ze mokkend af.

Terwijl ze van het veld lopen, zegt Brandon zachtjes tegen juf: 'Pablo breng ons geluk. Ik vind dat hij mascotte van de klas moet worden.'

Juf geeft Brandon een knipoog. 'Dat vind ik een steengoed idee Als we op school zijn, zullen we het officieel bekendmaken.'

Vampiertanden

Terug op school vertelt juf de kinderen wat Brandon heeft voorgesteld. Dan wordt Pablo uitgeroepen tot mascotte van de klas. Hij kijkt trots, dus ze weten zeker dat hij begrijpt wat er aan de hand is.

Vanaf dat moment moet hij in de pauze opdraven als de kinderen uit zijn klas spelletjes doen tegen andere kinderen. Bijvoorbeeld met knikkeren of met basketbal Hij hoeft niets te doen, alleen er bij zitten. En het werkt, want keer op keer winnen ze. Daarna krijgt Pablo een brokje.

De klas van juf Jansen wordt door de hele school bewonderd en gevreesd. De andere juffen en meesters zijn stiekem een beetje jaloers op die nieuwe juf, die met haar klas zo veel succes boekt. Niemand begrijpt hoe het kan. Want Pablo doet niets om hen te helpen. Die zit er alleen maar bij.

De directeur wil hem nog steeds de school uit hebben. Stel je voor dat de inspecteur langs komt en dat beest ziet! Dat kan hem zijn baan kosten. Een school is geen dierentuin. Hoewel! Als je ziet hoe sommige kinderen zich gedragen, zou je het haast wel zeggen. Vooral dat zooitje uit de klas van juf Jansen. Tjonge! Wat een bende is het daar. Binnenkort moet hij maar eens een ernstig gesprek met haar hebben. Misschien is het beter als ze naar een andere baan uitkijkt.

Pablo heeft inmiddels de lucht van de directeur goed in zijn neus zitten. Daardoor smeert hij hem op tijd als hij ruikt dat hij eraan komt. Hij heeft een paar plekjes in de school ontdekt waar hij zich kan verstoppen.

Juf moet erom lachen. Ze hoopt maar dat Pablo kan blijven. In ieder geval tot de musical is geweest, want dat is het belangrijkste evenement van het jaar. Het moet een succes worden.

Er wordt weer druk gerepeteerd. Als Marga en Karin moeten zingen, gaan ze apart zitten. Marga met Pablo en Karin met een speelgoedhond. Ze zit er een beetje onhandig mee op schoot. Af en toe werpt ze een jaloerse blik op Pablo en Marga.

Op een dag heeft juf een mand bij zich. Ze zet hem naast Marga neer. Pablo moet erin gaan zitten. Juf doet het deksel dicht.

'Ach!' roept Annelot. 'Stikt hij niet?'

Juf schudt haar hoofd. 'Er zitten genoeg gaatjes in, hoor. Let op! Marga begin maar met zingen!'

Zodra Marga de eerste tonen laat horen, gaat het deksel open en steekt Pablo zijn kop naar buiten.

De kinderen schateren het uit.

Juf legt haar vinger op haar mond en knikt Marga bemoedigend toe. Ze zingt nog steeds zacht. Te zacht om op te treden. Niemand in de zaal zou haar verstaan. Maar dat geeft niet, want ze is toch maar reserve.

En Karin zal er alles aan doen om de hoofdrol te spe-

44

len. 'Ik kom toch. Al heb ik veertig graden koorts,' heeft ze aangekondigd.

Als Marga klaar is met zingen, trekt Pablo zijn kop terug en verdwijnt in de mand.

De kinderen klappen.

'Kom maar, Pablo!' zegt juf. Ze geeft hem een brokje, waarna hij naar zijn kleedje loopt.

Dan gaan ze de scène oefenen met de dokter. Pieter heeft zijn cape uitgedaan. Maar Karin schiet elke keer in de lach als Pieter met zijn vampiertanden over haar heen hangt.

'Ik ben bang dat hij in mijn nek bijt,' schatert Karin. 'Hihi! O, ik ben zo bang voor u, dokter. Brrr! Hihi!'

Pieter kijkt beteuterd.

'Dat gaat zo niet,' zegt juf ongeduldig. 'Als je blijft lachen, moet Marga het maar eens proberen.'

Pieter kijkt blij. Marga gaat vast niet lachen. Hij zet een lage stem op en leest zijn rol van een stencil voor. 'Zo kind! Laat de dokter maar eens in je keel kijken. Misschien kan ik je genezen.'

Marga knikt verlegen en doet haar mond een klein stukje open. Ondertussen kijkt ze angstig naar Pieters gezicht zo dicht bij het hare.

'Ze moet d'r mond verder opendoen, juf!' roept Pieter verontwaardigd. 'Ik kan zo niets zien.'

Marga verstijft van schrik. Nu kan ze haar mond helemaal niet opendoen.

'Open!' schreeuwt Pieter vlak bij haar gezicht.

De tranen schieten Marga in de ogen.

Pablo begint te grommen en hapt in Pieters broek.

'Help!' roept hij. 'Juf, hij bijt!'

De klas begint te joelen.

'Vreet hem op!' roept Thijs.

'Toe dan, Pablo! Vreet de dokter maar op.'

'Ssst!' doet juf. 'De directeur!'

Dat is genoeg om ze stil te krijgen.

Maar Pablo blijft grommen en houdt Pieters broek tussen zijn tanden.

'Los!' zegt juf streng. 'Pablo, los!'

Maar Pablo luistert niet. Hij is boos op Pieter. Die probeert zijn broekspijp los te trekken. 'Weg! Ksst!' Maar telkens als Pieter zich over Pablo buigt, begint hij nog harder te grommen.

'Het zijn die tanden, juf' roept David. 'Pablo denkt dat Pieter zijn tanden laat zien. Een hond denkt dan dat je gaat aanvallen.'

Juf knikt. 'Ja Pieter, ik denk dat David gelijk heeft. Je moet die tanden uitdoen, anders laat Pablo niet los.'

Pablo begint harder aan de broek te trekken. Straks scheurt hij nog.

Aarzelend beweegt Pieter zijn hand naar zijn mond. Zal hij het durven?

De klas houdt de adem in. Ze hebben Pieter zo lang niet zonder zijn vampiertanden gezien.

Pablo geeft grommend een ruk aan de broek. De stof begint te scheuren.

Een ogenblik kijkt Pieter angstig naar zijn broek. Dan doet hij snel zijn tanden uit en gooit ze op de grond.

Meteen laat Pablo los en hapt naar de tanden. Op een drafje loopt hij ermee naar zijn kleedje.
'Haha! Kijk eens! Een hond met vampiertanden!' roept Brandon.
Iedereen barst in lachen uit.
Juf loopt snel naar Pablo en pakt de tanden af. Maar het is te laat. Hij heeft ze in tweeën gebeten.

Meester Beekstra

Pieter kijkt beteuterd. Zijn cape ligt op een stoel en zijn tanden heeft juf in haar hand. Hij voelt zich of hij in zijn blootje in de klas staat.

Juf loopt naar hem toe en legt haar arm om zijn schouders. 'Ik ga vanmiddag wel naar de feestwinkel om nieuwe tanden voor je te halen. Zijn er nog verschillende maten in?'

Pablo loopt op Pieter af. Die deinst een stukje terug. Je weet maar nooit of de hond hem alsnog zal verscheuren. Maar Pablo snuffelt alleen aan zijn hand. Pieter haalt opgelucht adem. Hij zakt door zijn knieën en aait Pablo over zijn kop. Pablo geeft hem een grote lik over zijn gezicht. Dan zegt Pieter tegen juf: 'Het hoeft niet. Ik wil niet dat Pablo bang voor me is. Nee, ik hoef die tanden niet meer.'

Vanaf dat moment komt Pieter niet meer als vampier verkleed naar school. Na een tijdje denkt hij ook niet meer aan vampiers en monsters. En bang is hij 's nachts ook niet meer.

Het is pauze. Op het schoolplein spelen Pablo en een paar kinderen met een bal.

Meester Beekstra komt naast juf op een muurtje zitten.

'Zo'n hond is zeker leuk gezelschap?' Hij plukt zenuwachtig aan zijn baardje.

Juf knikt. 'Ik zal hem missen. En de kinderen ook.'

Meester Beekstra kijkt haar verbaasd aan. 'Gaat hij dan weg?'

Juf haalt haar schouders op. 'Er zit niets anders op. De directeur wil niet dat ik hem mee naar school neem. En hem de hele dag alleen thuislaten is ook zielig. Ik hoop dat ik een goed tehuis voor hem vind.' Ze staart voor zich uit en kijkt naar Pablo die de bal met zijn neus het schoolplein overduwt. Thijs en David proberen hem af te pakken.

Meester Beekstra wijst naar Thijs. Dat pestkoppie heeft ook genoeg afleiding door die hond.

Juf Jansen glimlacht.

Opeens stopt Pablo en gooit zijn neus in de lucht. Thijs pakt de bal af en rent ermee weg. Maar Pablo reageert niet. Er is iets anders dat zijn aandacht heeft getrokken. Hij neemt een sprong over het hek en rent het plantsoen in dat naast de school ligt. Dan verdwijnt hij in de struiken een eindje verderop.

Juf springt van het muurtje af. 'Pablo!' Ze rent achter hem aan. Bij het hek blijft ze staan. Hij is nergens meer te zien.

Meester Beekstra en David en Thijs komen aanrennen. 'Zal ik hem gaan zoeken, juf?' vraagt Thijs.

Juf schudt haar hoofd. 'Jullie mogen niet van het plein af. Ik ga wel even.'

Meester Beekstra en de kinderen zien juf op handen en voeten tussen de struiken verdwijnen.

50

De hele klas dromt samen bij het hek. Zal ze Pablo terug vinden?

Opeens roept Annelot: 'Daar is hij.' Ze wijst naar de andere kant van het plantsoen.

Pablo komt tussen de struiken uit lopen. Er loopt een ander hondje achter hem aan.

Het is een klein, dik beest met korte pootjes.

Pieter wijst ernaar. 'Hé, een wandelend kussen.'

Bij het hek blijft Pablo staan en begint te blaffen.

David laat hem binnen. Het andere hondje volgt ook. Maar David doet het hek snel dicht.

Pablo draait zich om en begint te piepen. Hij kijkt smekend naar David.

'Die andere hond wil ook naar binnen!' roept Karin. 'Ja joh! Doe het hek open. Dan hebben we twee honden. Dat is lachen!'

David laat het wandelende kussen binnen.

Pablo geeft het hondje een likje. Dan loopt hij snel voor haar uit het plein over. Bij de deur kijkt hij om en samen gaan ze de school binnen.

Hijgend komt juf aanrennen: 'Ik kan hem nergens vinden! Ik denk dat ik de politie bel.'

De kinderen beginnen door elkaar te roepen. 'Verliefd...! Samen in school...! Een kussen...!'

Juf begrijpt er niets van. Ze krijgt een kleur en kijkt naar meneer Beekstra . Die begint nog harder aan zijn baardje te trekken dan daarnet.

'Kussen?' vraagt juf. Ze begint zenuwachtig te lachen. 'Zeg, bemoeien jullie je met je eigen zaken.'

'Nee juf!' roept Karin. 'Pablo is met een andere hond de school in gegaan. Het is net een wandelend kussen. Hij is verliefd. Daarom rende hij weg.'

Juf raakt helemaal in de war. Ze is blij dat Pablo terug is, maar tegelijk schaamt ze zich over het misverstand. Zonder iets te zeggen draait ze zich om en rent ook de school binnen.

Even later komen de kinderen de klas binnen. Pablo ligt met het vreemde hondje op zijn kleedje. Ze liggen dicht tegen elkaar aan.

Juf staat erbij te kijken. Ze lacht vertederd.

Pieter stormt de klas in. 'Houdt u die hond ook, juf? Misschien krijgen ze wel jongen. Dat zullen lelijkerds worden! Die raakt u nooit kwijt.'

Juf schudt haar hoofd. 'Het kan echt niet. En wat denk je dat de directeur zal zeggen als hij het ziet?'

Pablo verroerd geen spier. Het andere hondje ook niet.

Juf zucht. 'Ik moet het asiel opbellen om te zeggen dat we die hond hier hebben. Misschien is iemand naar haar aan het zoeken. Dan zie ik wel verder.'

David wijst naar het kleine kastje dat achter jufs tafel tegen de muur staat. Er liggen nieuwe schriften en pennen in. 'Kunnen we dat er niet zolang voor zetten. Dan ziet de directeur die honden niet liggen als hij toevallig de klas in kijkt.

'Ik weet niet,' zegt juf. 'Het is niet goed om de directeur voor de gek te houden. Ik bedoel… Hij weet dat Pablo in de klas is, maar nog een hond…'

'We kunnen hem toch niet zomaar de straat op gooien!' zegt Annelot. 'Misschien kunt u haar straks naar het asiel brengen. Er is vast wel iemand die zo'n lief hondje hebben wil. Maar tot die tijd kan hij toch hier blijven?'

'Oké dan,' zegt juf. 'Schuif dat kastje er maar voor. Na schooltijd zal ik meteen het asiel bellen. En maar hopen dat de directeur in de tussentijd niet binnenkomt.'

Er wordt op de deur geklopt. Ze schrikken, maar gelukkig is het meester Beekstra. De kinderen beginnen te giechelen. Juf krijgt weer een kleur.

Meester Beekstra aarzelt, maar hij kan nu niet meer terug. Schuchter doet hij een paar stapjes de klas in. Hij kucht zenuwachtig: 'Eh Vivian… Ik kom even zeggen dat de directeur vandaag niet meer op school komt.'

Hij geeft juf een veelbetekenend knipoogje.

De klas ziet het en begint weer te giechelen.

'Eh… Ik dacht…' gaat hij verder. 'In verband met die andere hond. Ik dacht ik kom het maar even zeggen.'

Juf knikt. 'Dank je, Frank!'

Meester Beekstra gaat de klas uit. Juf duikt onder haar tafel en begint in haar tas te rommelen.

Annelot fluistert tegen Karin: 'Ze zijn verliefd. Net als Pablo.'

Karin knikt. 'Misschien gaan ze wel trouwen. Dan krijgen we feest op school. En misschien mogen wij bruidsmeisje zijn.'

Giechelend pakken ze hun schrift.

Paloma

Het is eindelijk een keertje rustig in de klas. De kinderen doen een taalles en juf kijkt schriften na. Af en toe werpt ze een blik op Pablo en het andere hondje. Ze liggen lekker te slapen.

David steekt zijn vinger op: 'Hoe zullen we die andere hond noemen, juf?'

Juf zucht. 'Kun je nou nooit eens een paar minuten achter elkaar werken? We noemen die hond niets, want misschien is ze van iemand anders en heeft ze al een naam.'

De aandacht van de klas is meteen afgeleid.

'We kunnen haar toch een voorlopige naam geven,' zegt Pieter. 'Anders moet je hond roepen als je wilt dat ze komt.'

De kinderen beginnen weer van alles door elkaar te roepen.

Juf begrijpt dat ze er niet meer onderuit komt. 'Oké! Ik verzin wel iets. Eh… We noemen haar Paloma. Klaar! Iedereen weer aan het werk!'

'Paloma!' roept Annelot. 'Wat is dat nou weer voor naam? Dat is toch geen hondennaam?

'Ssst!' zegt juf. 'Paloma of hond. Jullie mogen kiezen.'

'Hond dan maar,' zegt Thijs lachend.

Juf kijkt boos. 'Paloma of ze gaat de klas uit. Nu is het stil.' Het is jammer dat ze niet met de directeur kan dreigen. Want die is weg.

Op de gang klinkt geschreeuw. Een paar kinderen uit een andere klas hebben ruzie. Juf loopt naar de deur en steekt haar hoofd om de hoek. 'Kan het wat zachter? Waarom zitten jullie niet in jullie klas?'

De kinderen zeggen iets terug. Eén begint te huilen. Juf loopt de gang op en doet de deur achter zich dicht.

Door het glas ziet de klas dat ze het kind troost en het andere streng toespreekt.

'Paloma!' roept Pieter. 'Kom, dan krijg je een stukje brood.'

Het hondje reageert niet.

Thijs roept lachend: 'Ze denkt: Wat is dat voor rotnaam. Ik blijf lekker liggen. Je moet Pablo roepen, dan komt die andere hond ook wel.'

'Pablo!' Pieter houdt de boterham bij de grond.

Pablo komt er meteen op af. De andere hond volgt.

Pieter geeft ze allebei een stukje. 'Braaf, Paloma!' zegt hij.

Pablo daagt Paloma uit om met hem te spelen. Hij kwispelt.

'Ik hoop wel dat ze gesterologeerd is,' zegt Thijs. 'Anders krijgen ze ook nog jongen.'

De klas buldert het uit.

'Het is gesteriliseerd, stommerd!' zegt Karin.

Aangemoedigd door de herrie en het lachen, rennen Pablo en Paloma achter elkaar aan. Paloma is best snel al heeft ze maar korte pootjes. Ze springt over tassen en kruipt tussen de tafels door. Pablo kan haar niet te pakken krijgen.

De deur vliegt open. Daar is juf. 'Potverdrie!' roept ze boos. 'Zijn jullie helemaal…'

Paloma glipt langs jufs benen de gang op. Pablo gaat achter haar aan.

Juf kijkt om. 'Hier Pablo!'

Maar Pablo vindt het spelletje veel te leuk. De honden hollen de gang door, regelrecht de koffiekamer in.

Juf kijkt even achterom. Kan ze de klas alleen laten? Het zal moeten. Ze rent naar de koffiekamer.

David en Thijs komen van hun plaats en gluren door een kier de gang in.

Als juf de koffiekamer in komt, ziet ze meteen dat het te laat is. Pablo heeft uit de tas van een van de leerkrachten een boterham gepikt. Paloma zit met haar snuit in een andere bruine leren tas. De hele inhoud ligt op de grond: boeken, schriften en een zwarte pet. Een halfopgevreten boterham met iets kleverigs erop ligt ertussen. Van wie is die tas ook al weer?

Ze loopt erheen. Intussen probeert ze de honden uit de kamer te jagen. 'Foei Pablo! Ga weg!' Ze bukt om de spullen terug in de tas te doen. Haar handen zitten meteen onder het kleverige broodbeleg. 'Foei Pablo!' herhaalt ze.

Maar Pablo trekt zich niets van haar aan. Vlak onder haar neus grist hij de pet weg en schudt hem woest heen en weer. Paloma denkt dat het een prooi is. Ze hapt ernaar. Ze beginnen er aan te trekken. Ieder aan een kant.

'Nee!' roept juf wanhopig. Ze probeert hem af te pakken, maar de honden rennen ermee weg.

Meester Beekstra is op het geroep afgekomen. Op de gang ziet hij de honden rennen. 'Onmiddellijk ophouden!' buldert hij alsof hij het tegen een paar kinderen heeft.

Het helpt natuurlijk niets. Hij mag zijn klas er dan goed onder hebben, van honden weet hij niet veel.

Juf rent de koffiekamer uit en botst bijna tegen hem op. 'Ooo…' roept ze geschrokken. Wanhopig strekt ze haar armen uit..

Meester Beekstra aarzelt. Even denkt hij dat ze hem in zijn armen wil vliegen. Dan ziet hij de ravage op de grond van de koffiekamer. 'O jee!' zegt hij. 'We hebben een probleempje, Vivian. Dat is de tas van de directeur.'

De pet van de directeur

'Probleempje?' herhaalt juf geschrokken. 'Maar je zei toch dat de directeur weg was?'

Meester Beekstra knikt. 'Hij wel, maar zijn tas niet. Hij is hem vast vergeten.' Hij bukt en raapt een bloknoot van de grond. 'Ja, kijk maar! Zijn naam staat er op.'

Juf wordt lijkbleek. Snel pakt ze een theedoek van het aanrechtje en begint alles schoon te vegen. Dan zegt ze geschrokken: 'Maar die pet! Ze hebben hem aan stukken gescheurd.'

'Dan moeten we die maar weggooien. Er zit niets anders op. De directeur denkt hopelijk dat hij hem zelf is kwijtgeraakt.'

Juf aarzelt. Ze houdt niet van jokken. Maar als Pablo de kamer binnenkomt, bedenkt ze zich. De directeur zal Pablo onmiddellijk naar het asiel sturen als hij er achter komt wat hij heeft gedaan. Ja, er zit niets anders op. Het moet. In het belang van Pablo.

Ze kijkt de gang in. 'Waar is dat ding? Daar!' Snel loopt ze erheen en grist hem van de grond. Er is niet veel van over.

Meester Beekstra steekt zijn hand uit. 'Geef maar! Ik zorg wel dat hij voorgoed verdwijnt.'

Juf knikt. 'Bedankt! Ik moet nu echt terug naar de kinderen. Kom Pablo! Paloma ook! Nu is het genoeg.'

Ze draait zich om en loopt weg.

David en Thijs rennen vlug terug naar hun plaats.

Met een rood hoofd van opwinding komt juf de klas weer in. Ze jaagt de honden voor zich uit. 'Vooruit! Op het kleedje!'

Pablo en Paloma verdwijnen achter het kastje.

Ze veegt het zweet van haar voorhoofd en kijkt de klas in.

De kinderen kijken schijnheilig voor zich uit. Ze weten precies wat er is gebeurd, want David en Thijs hebben alles gezien en aan de klas verslag gedaan. Niet dat iemand het zal verraden. Nee, ze zijn veel te bang dat Pablo dan terug naar het asiel moet.

Juf gaat verder met nakijken. 'En jullie weer aan het werk!'

Een paar minuten is het rustig. Dan klinkt er gestommel op de gang.

Brandon stoot Pieter aan: 'De directeur! Hij komt zeker zijn tas halen.'

Door het glas zien ze hem over de gang lopen. Hij gaat in de richting van de koffiekamer. Juf heeft niets in de gaten.

Pieter stoot Thijs aan. En die weer David. In een mum van tijd weet de hele klas het. Maar iedereen houdt zijn mond.

Dan vliegt de deur open. Juf valt bijna van haar stoel. 'Ik... Ik schrik me rot... Ik bedoel... Ik... U...?' Ze staat op en loopt naar de deur om te voorkomen dat de directeur verder de klas in komt.

De directeur houdt een klein stukje zwarte stof tussen zijn duim en wijsvinger. 'Weet u waar de rest van mijn pet is?'

De kinderen kunnen hun lachen bijna niet inhouden. Ze hebben hun hand stijf tegen hun mond.

Juf schudt haar hoofd. 'Pet? Bedoelt u…'

De directeur knikt. 'Mijn pet ja,' zegt hij boos. 'Dit is helaas alles wat er van over is. Ik vond het op de grond in de koffiekamer. Ik neem niet aan dat een van de leerkrachten mijn pet aan stukken heeft gescheurd!'

Juf slikt. Ze kan niet zo goed liegen.

De directeur probeert langs haar te kijken. 'Waar is die hond?'

De klas is muisstil.

Juf kijkt achterom. 'Pablo, kom eens!'

Schuchter komt Pablo achter het kastje vandaan. Hij heeft zijn staart tussen zijn benen. Op een afstandje blijft hij staan, zijn hoofd gebogen. Als Paloma hem nu maar niet achterna komt.

Juf kucht. Ze kijkt even naar de klas. Allemaal staren ze met grote ogen naar haar en de directeur. Dan zegt ze: 'U denkt toch niet dat Pablo die pet heeft verscheurd?' Ze lacht. 'Nee, dat kan echt niet. Hij is de hele dag bij mij geweest. En geloof me: Ik verlies hem geen moment uit het oog.'

De directeur kijkt haar ongelovig aan. Hij werpt een onderzoekende blik op Pablo. 'Ik weet het zo net nog niet… Tja, het valt moeilijk te bewijzen.' Hij kijkt juf streng aan. 'U moet nu echt snel een andere oplossing

voor die hond vinden.' Hij loopt weg. Bij de deur draait hij zich om. 'Als hij aan het eind van de week niet weg is, breng ik hem zelf naar het asiel.'

Als hij de klas uit is, haalt iedereen opgelucht adem.

Dan zegt David: 'Het is vandaag donderdag. Heeft u al een ander huis voor hem gevonden?'

Juf schudt haar hoofd.

Annelot steekt haar vinger op. 'Morgen is de musical. Pablo kan toch nog wel meedoen?'

Juf knikt. Ze zucht. 'Ik hoop het. Als hij tenminste niet weer begint te janken als Karin zingt. Want dan stuurt de directeur hem meteen de zaal uit.'

Ze kijkt naar Pablo. Hij ligt stilletjes op zijn kleedje. Net zoals die eerste dag toen ze hem mee naar school nam. Zou hij begrijpen wat hem boven het hoofd hangt?

De musical

Vandaag is de grote dag want vanavond wordt de musical opgevoerd. Maar eerst is de generale repetitie. Iedereen is zenuwachtig. De kinderen die in het koor zitten oefenen in de klas. De anderen en juf repeteren in het overblijflokaal. Daar zal de uitvoering plaatsvinden. Alleen Marga en Pablo zitten samen op de gang. Juf heeft Paloma zolang bij haar zus gebracht.

Marga neuriet het lied. Het is zeker dat ze vanavond niet hoeft op treden. Gelukkig maar! Vanmorgen was ze een beetje bang dat Karin er niet zou zijn. Maar die kwam, blakend van gezondheid, de klas binnenlopen. Haar moeder heeft speciaal voor de musical een blauwe jurk gemaakt.

Annelot bekijkt hem vol bewondering. 'Tof! Misschien word je wel ontdekt! Mag ik dan je handtekening?' vraagt ze voor de grap.

Het is alleen nog de vraag of Pablo meedoet. Straks gaat hij samen met Karin op het toneel. Maar hopen dat hij het niet op een janken zet! Anders moet ze optreden met die stomme speelgoedhond.

Marga aait Pablo over zijn kop. Ze fluistert zacht lieve woordjes in zijn oor. Zijn oogleden zakken steeds verder naar beneden. Nog even en hij valt, net als David, zomaar in slaap.

Juf komt de gang op rennen. 'Marga, kun jij het koor roepen? En komen jij en Pablo ook? Dadelijk is de generale repetitie.'

Even later staat iedereen op het toneel. Behalve Marga, die staat aan de kant. Ze vindt het niet erg. Vanaf deze plek kan ze alles zien.

Pablo zit in de mand naast Karins stoel. Als het maar goed gaat!

Juf heeft een stokje in haar hand. 'Opletten! Eerst het koor.'

Ze beginnen. Het klinkt heel mooi. Dan geeft juf Karin een seintje. Nu is het haar beurt.

Ze haalt diep adem. Dan begint ze.

Pablo houdt zich koest, maar het deksel van het mandje blijft ook dicht.

Juf geef Karin een teken dat ze een tikje tegen de mand moet geven. Ja, daar gaat het deksel omhoog. Pablo steekt zijn kop naar buiten. Zal hij nu gaan janken?

Hij kijkt verbaasd rond omdat Marga niet naast hem zit.

Karin is even afgeleid. Maar als juf haar bemoedigend toeknikt, zingt ze uit volle borst verder.

Als ze klaar is, klapt iedereen. Pablo springt uit de mand en loopt kwispelend naar Marga.

Ze woelt met beide handen door zijn vacht. 'Braaf, Pablo! Goed gedaan!'

Woef! blaft Pablo.

Aan het einde van de dag, spreekt juf de klas nog een

keer toe: 'Jongens, vanavond om zeven uur op school zijn. We hebben veel tijd nodig om ons te verkleden en te schminken. Ik verwacht jullie in ons lokaal. Daar is zolang de kleedkamer.'

Opgewonden verlaten de kinderen de school.

's Avonds is iedereen op tijd. Behalve Karin.

Annelot weet ook niet waar ze is.

Dan vliegt de deur van de klas open. Karin komt opgewonden binnen. Haar ogen zijn rood. Ze barst meteen in snikken uit. Het klinkt raar.

'Hé jongens! Een zeehond!' roept Thijs.

'Wat is er?' vraagt juf bezorgd.

Karin begint nog harder te huilen. Ze zegt iets, maar het is niet te verstaan

Juf legt een arm om haar schouders en neemt haar mee naar een hoek van de klas. 'Kom, drink eerst wat water! En vertel dan eens wat er is.'

Karin wijst op haar keel. Fluisterend zegt ze: 'Mijn stem… Ik ben mijn stem kwijt.'

Juf kijkt haar geschrokken aan. 'Echt? Probeer eens te zingen?'

Er komt nauwelijks geluid uit.

Een paar kinderen zijn bij hen komen staan.

'Gaat het nu niet door?' vraagt Annelot teleurgesteld.

'Misschien moeten we het uitstellen,' roept Pieter. 'Het maakt niets uit. Mijn vader wil vanavond toch liever voetbal kijken.'

Juf schudt haar hoofd. Ze kijkt naar Marga die met Pablo zit te spelen. Ze heeft niet eens gemerkt wat er aan de hand is. 'Eh… Marga. Kun je even hier komen?'

Marga komt nietsvermoedend naar haar toe. Pas dan ziet ze Karins gezicht. Ze schrikt.

Juf haalt diep adem. 'Eh… Marga. Karin is haar stem kwijt. Er zit niets anders op…'

Marga wordt knalrood. 'Ik…' zegt ze geschrokken.

Juf knikt. 'Je durft het vast. En je hoeft niet alleen. Pablo is bij je.'

Marga zegt niets.

Juf ziet dat ze aarzelt. 'Het is belangrijk dat de musical doorgaat. Ook voor Pablo. Wie weet vinden we zo een goed tehuis voor hem. Anders moet hij terug naar het asiel.'

Pablo kijkt Marga smekend aan.

'Goed,' zegt ze zacht.

Marga

Het begin van de voorstelling nadert. Iedereen is zenuwachtig. Zal het lukken met Marga? Ze zit stilletjes met Pablo in een hoekje.

Langzaam stroomt het overblijflokaal vol. Thijs gluurt tussen de toneelgordijnen door. Als hij zijn vader en moeder ziet, sist hij: 'Joehoe! Hier!'

Voor hij kan zien of ze terugzwaaien, trekt juf hem weg. 'Ga je verkleden! We beginnen over tien minuten!'

Dan is het zover. De directeur komt op. Hij begroet het publiek en kondigt de musical aan.

'En dan nu dames en heren uw aandacht voor "Het Fluisterkind"…! Onder regie van onze nieuwe juf, Vivian Jansen…!'

Het optreden gaat goed. Het publiek kijkt geboeid. Je kunt merken dat de hond op het toneel ook veel succes heeft. Tussendoor wordt er gelachen en geklapt. Dan is het tijd voor de laatste scène. Het doek gaat dicht om het decor te veranderen.

Marga moet alleen op het toneel. Ze gaat op een stoel zitten met Pablo in de mand naast haar. Ze trilt van de zenuwen.

'Je kunt het best!' zegt juf om haar aan te moedigen. 'Ik

weet het zeker. En niet te zacht zingen, hè?' Ze zet de microfoon dicht bij haar. 'Denk maar aan Pablo. Je moet het voor hem doen!'

Marga is zo bang, dat ze zich bijna niet durft te bewegen. Het liefste zou ze hard wegrennen. Het is of Pablo het voelt, want hij wil niet in de mand blijven. Hij wil liever dicht bij haar zitten.

'In de mand!' zegt Marga met een bibberende stem.

De muziek begint. Het gordijn gaat open. Het publiek applaudisseert.

Met grote ogen kijkt Marga de zaal in. Ze is verstijfd van angst.

Juf ziet het. Dit gaat mis. 'Marga!' sist ze. 'Zingen!'

Marga begint aarzelend te zingen. Maar het is veel te zacht. Zelfs met de microfoon is het bijna niet te verstaan.

'Harder!' sist juf.

Marga kijkt geschrokken opzij. Ze kijkt juf wanhopig aan.

'Toe dan! Zingen!'

Het publiek kijkt toe. Niemand begrijpt wat er aan de hand is.

Dan gaat langzaam het deksel van de mand open.

Zacht klinkt door de zaal. 'Ahhh...'

Marga kijkt naar Pablo. Hij legt zijn poot op Marga's knie en kijkt haar smekend aan. Marga glimlacht.

'Doe het voor Pablo!' sist juf.

Marga haalt diep adem. Ze zingt een paar noten. Het klinkt veel harder dan anders. Pablo kwispelt. En dan

gebeurt er iets vreemds. Ze hoort haar eigen stem door de zaal galmen. Het is of ze met het geluid wordt mee-gevoerd. Pablo kijkt Marga aan. Opeens is Marga niet bang meer.

De zaal is muisstil. Ze zingt zo mooi, zo engelachtig. Zoiets heeft het publiek nog nooit gehoord.

Marga werpt een blik op Pablo. Hij heeft nu zijn beide poten op haar been. Het geeft haar nog meer moed. Ze zingt uit volle borst. Het geeft haar een gevoel dat ze nooit heeft gekend. Het is alsof ze voorgoed uit een harnas is bevrijd.

Thijs stoot juf aan. 'Mooi hè?'

Juf knikt. Stiekem pinkt ze een traan weg.

Dan is het afgelopen. Het applaus is oorverdovend. 'Bravo! Bravo!' roepen de mensen.

Marga kijkt verlegen de zaal in. Maar ze is niet meer bang. Pablo springt vrolijk tegen Marga op. Er wordt nog harder geklapt.

De directeur komt het toneel op. Hij weet niet zo goed wat hij moet doen.

'Bravo!' roept iemand in de zaal.

Aarzelend klapt de directeur mee.

'Applaus voor juf Jansen!' roept meester Beekstra die op de eerste rij zit.

De directeur werpt een boze blik op hem. Maar als er weer wordt geklapt, roept hij juf en de andere kinderen om op het toneel te komen.

'Dames en heren,' zegt de directeur. 'Ik denk dat iedereen het ermee eens is, dat de musical een groot succes is.'

Weer applaus.

Juf lacht. Meester Beekstra geeft haar een knipoog.

Pablo begint te blaffen. Hij wordt opgewonden van al die herrie. De directeur kijkt even geërgerd. Maar als hij merkt dat het publiek begint te lachen, lacht hij zuurzoet mee.

De gordijnen gaan dicht en iedereen gaat naar de kleedkamer.

Er komen een paar ouders naar de directeur. 'Wat een leuk idee met zo'n echte hond.'

De directeur knikt.

'Dat heeft die nieuwe juf leuk verzonnen,' zegt de moeder van Thijs. 'We zijn hartstikke blij met haar!'

De directeur knikt weer.

Juf slaat haar arm om Marga heen. 'Het was fantastisch. Heb je spijt dat je het hebt gedaan?'

Marga schudt haar hoofd. 'Maar zonder Pablo had ik het nooit gedurfd.'

Juf antwoordt niet. Ze denkt: Pablo heeft een hoop goeds gedaan voor de kinderen. Het is jammer dat hij niet meer mee naar school mag. Ze zullen hem echt missen. Maar het ergste is: ik heb nog geen andere tehuis voor hem. Zal hij dan toch terug moeten naar het asiel?

Het baasje van Pablo

De volgende dag loopt juf met Pablo en Paloma in het park. De honden renden vrolijk kwispelend voor haar uit. Het is een mooie dag, juf is tevreden dat de musical zo'n groot succes was. Zelfs de directeur moest toegeven dat Pablo daar aan heeft bijgedragen. Toch is juf niet vrolijk, want ze heeft nog maar één dag om een ander tehuis voor Pablo en Paloma te vinden. En als het niet lukt, zal ze de honden allebei naar het asiel moeten brengen. Haar maag krimpt samen bij de gedachte Pablo en Paloma in zo'n hok te zien zitten. En zal er iemand komen die de honden allebei neemt, zodat ze bij elkaar kunnen blijven? Juf is bang van niet. Wie neemt er nou twee van die vuilnisbakkies in huis?

Ze loopt in gedachten verder. Opeens blijft Pablo stokstijf staan en spits zijn oren. Juf kijkt in de dezelfde richting. Heeft hij een konijn gezien of een andere prooi? Maar ze ziet nergens iets bijzonders. Er loopt alleen een oude man een eind verderop.

Voor ze iets kan zeggen, rent Pablo op de man af.

'Pablo!' roept juf streng. Ze is bang dat hij de man omver zal lopen. 'Pablo! Nee! Kom terug!'

Pablo luistert niet.

De man is blijven staan. Hij lacht. Pablo springt jankend van blijdschap tegen hem op.

Juf holt erheen. Zo dadelijk valt die man nog om.

'Sorry, meneer! Ik kon hem niet op tijd aan de lijn doen. Pablo, af!'

De man kijkt juf aan. 'Pablo? Hij aait de hond over zijn kop. Braaf! Rustig maar, Bram. Pablo hè. Nou, die mevrouw heeft een chique naam voor je verzonnen, zeg!'

'Bram?' zegt juf verbaasd.

Pablo kijkt haar aan. Hij kwispelt.

'Bram?' herhaalt ze. Ze ziet hoe Pablo op de naam reageert. 'Bedoelt u…? Wacht eens…! Ik begin het te begrijpen. Bent u… Kent u deze hond?'

De man knikt. 'Ja, hij is van mij. Hij heet Bram. Ik ben hem al weken kwijt.' Hij pakt Pablo speels bij zijn nekvel. 'Altijd maar op avontuur, hè? Ja, en dan raak je de weg kwijt.' Hij kijkt juf aan. 'Mag ik mij voorstellen? Van Doelen.'

Juf begint te lachen.

Samen gaan ze op een bankje zitten. Pablo en Paloma blijven in de buurt rondscharrelen

'Wat ben ik blij dat ik u tegen ben gekomen,' zegt juf, nadat ze alles heeft verteld.

'Maar wat gaat u met die andere hond doen?' vraagt meneer Van Doelen.

Juf schudt vertwijfeld haar hoofd. 'Ik ben bang dat ze naar het asiel moet. Het is jammer, want het is een lief dier. Jammer ook voor Pablo.'

Meneer Van Doelen knikt en kijkt een ogenblik naar Pablo en Paloma. Ze zitten samen aan zijn voeten. 'Ach! Wat maakt het ook uit. Als je één hond hebt, kun

je er net zo goed twee nemen. Uitlaten moet je toch.
En misschien blijft Pablo dan beter bij me in de buurt.'
Juf kijkt meneer Van Doelen een ogenblik ongelovig
aan. 'Meent u dat echt?' Ze vliegt hem zomaar om zijn
hals.
Meneer Van Doelen wordt er verlegen van. 'Maar na
wat u me allemaal heeft verteld, denk ik dat de kinde-
ren uit uw klas niet blij zullen zijn als ze Pablo en Palo-
ma niet meer zien.'
Juf aait Pablo over zijn kop. 'Ik zal hem zelf ook missen.
Het is een bijzondere hond.'
'Weet u, ik heb vroeger ook in het onderwijs gezeten.
Ik kan eens met de directeur gaan praten. Misschien dat
we er samen iets op kunnen vinden.'

Het is maandag. De kinderen hangen lusteloos tegen
de muur op het schoolplein te wachten tot de bel gaat.
Er is niks aan op school zonder Pablo en Paloma.
Juf komt het plein op lopen. Ze lacht.
Annelot stoot Karin aan. 'Ze is zeker blij dat ze van die
honden af is.'
Karin knikt verontwaardigd.
Die ochtend zijn de kinderen lastig. Juf heeft moeite
om de orde te houden. 'Thijs! Hou op met dat geklier!
Pieter, draai je om!' Alleen Marga zit stilletjes te wer-
ken. Maar dat is ook verontrustend.
Door het glas van de deur ziet juf de directeur. Die is
natuurlijk op de herrie afgekomen.
Na een kort klopje, komt hij binnen. Achter hem staat
meneer Van Doelen.

De klas is meteen stil.

'Mag ik even, juf Jansen? Eh… Ik heb net een gesprek gehad met meneer Van Doelen. We hebben een vraag: Wie heeft zin om Paloma en Pablo na school uit te laten?'

'Ik! Ik!' roepen ze door elkaar.

De directeur lacht. 'U moet maar een rooster maken, juf Jansen. En dan nog iets… Jullie hebben Pablo mascotte van de klas gemaakt. En hij heeft bewezen dat hij die onderscheiding waard is. Daarom heb ik besloten dat Pablo bij elk belangrijk evenement op school aanwezig mag zijn.'

Er klinkt een oorverdovend gejuich. Thijs fluit op zijn vingers en Pieter en Brandon roffelen met hun handen op hun tafel.

De volgende week heeft de klas van juf Jansen een verrassing voor de directeur. Marga is naar zijn kamer gestuurd om hem te halen. Ondertussen laat Thijs meneer Van Doelen met Pablo en Paloma stiekem de school in. Ze gaan zo onopvallend mogelijk achterin de klas zitten.

Als de directeur binnen is, zegt juf plechtig: 'Omdat we zo blij zijn dat Pablo mascotte mag blijven van onze school, hebben we een cadeau voor u. Pablo, kom maar!'

De directeur kijkt verbaasd. Hij had de honden nog niet gezien.

Pablo komt kwispelend aanlopen Hij heeft een pakje

in zijn bek. Bij de voeten van de directeur gaat hij zitten.

'Dat is voor u,' zegt juf.

Een beetje angstig pakt de directeur het pakje uit Pablo's bek. Als hij het heeft uitgepakt, kijkt hij een moment naar het cadeau. Hij trekt zijn bovenlip een beetje op. Net of hij wil gaan grommen. Maar hij begint te lachen. 'Dus toch!' zegt hij terwijl hij zijn nieuwe pet opzet. Het is een rode met een zwarte P op de voorkant geborduurd.

Woef! doet Pablo.

'De p van Paul,' zegt juf lachend terwijl ze ernaar wijst. 'Zo heet u toch?'

De directeur schudt zijn hoofd. 'Het is Fons, om precies te zijn.'

Achter in de klas klinkt onderdrukt gegrinnik. Het is meneer Van Doelen. Dan barst iedereen in lachen uit.